- HERGÉ -

LES AVENTURES DE TINTIN

LES CIGARES DU PHARAON

CASTERMAN

Les Aventures de TINTIN et MILOU
ont paru dans les langues suivantes:

afrikaans:	HUMAN & ROUSSEAU	Le Cap
allemand:	CARLSEN	Hamburg
alsacien:	CASTERMAN	Paris/Tournai
anglais:	METHUEN	Londres
	LITTLE BROWN	Boston
arabe:	DAR AL-MAAREF	Le Caire
asturien:	JUVENTUD	Barcelone
basque:	ELKAR	San Sebastian
bengali:	ANANDA	Calcutta
bernois:	EMMENTALER DRUCK	Langnau
breton:	AN HERE	Quimper
bulgare:	RENAISSANCE	Sofia
catalan:	JUVENTUD	Barcelone
chinois:	EPOCH PUBLICITY AGENCY	Taipei
coréen:	COSMOS	Séoul
corse:	CASTERMAN	Paris/Tournai
danois:	CARLSEN	Copenhague
espagnol:	JUVENTUD	Barcelone
espéranto:	ESPERANTIX	Paris
	CASTERMAN	Paris/Tournai
féroïen:	DROPIN	Thorshavn
finlandais:	OTAVA	Helsinki
français:	CASTERMAN	Paris/Tournai
frison:	AFUK	Ljouwert
galicien:	JUVENTUD	Barcelone
gallo:	RUE DES SCRIBES	Rennes
gallois:	GWASG Y DREF WEN	Cardiff
grec:	MAMOUTH	Athènes
hébreu:	MIZRAHI	Tel Aviv
hongrois:	EGMONT	Budapest
indonésien:	INDIRA	Djakarta
iranien:	UNIVERSAL EDITIONS	Téhéran
islandais:	FJÖLVI	Reykjavik
italien:	COMIC ART	Rome
japonais:	FUKUINKAN	Tokyo
latin:	ELI/CASTERMAN	Recanati/Paris-Tournai
luxembourgeois:	IMPRIMERIE SAINT-PAUL	Luxembourg
malais:	SHARIKAT UNITED	Pulau Pinang
néerlandais:	CASTERMAN	Dronten/Tournai
norvégien:	SEMIC	Oslo
occitan:	CASTERMAN	Paris/Tournai
picard tournaisien:	CASTERMAN	Paris/Tournai
polonais:	EGMONT	Varsovie
portugais:	VERBO	Lisbonne
romanche:	LIGIA ROMONTSCHA	Cuira
russe:	CASTERMAN	Paris/Tournai
serbo-croate:	DECJE NOVINE	Gornji Milanovac
slovaque:	EGMONT	Bratislava
suédois:	CARLSEN	Stockholm
tchèque:	EGMONT	Prague
thaï:	DUANG-KAMOL	Bangkok
turc:	YAPI KREDI YAYINLARI	Beyoglu-Istambul
tibétain:	CASTERMAN	Paris/Tournai

ISSN 0750-1110

ISBN 2 203 00103 8

http://www.casterman.com

LES CIGARES DU PHARAON

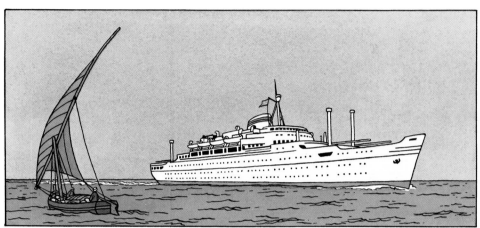

Oui, mon brave Milou, demain nous arriverons à Port - Saïd, où nous ferons escale.

Encore une escale !... A quand le terminus ?

Nous ferons alors la traversée du Canal de Suez. Ensuite, escale à Aden

Et puis, encore une escale à Bombay, puis une à Colombo, dans l'île de Ceylan.

Ça n'en finira jamais !

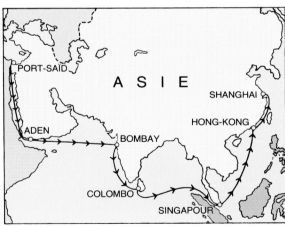

ASIE

PORT-SAÏD
ADEN
BOMBAY
COLOMBO
SINGAPOUR
SHANGHAI
HONG-KONG

Et puis, il y aura encore Singapour, puis Hong-Kong, et enfin Shanghai, but de notre voyage.

Quelle croisière magnifique, n'est-ce pas, Milou?

Tu trouves ça gai, toi, ce bateau qui avance comme une tortue et où il ne se passe jamais rien ?...

Arrêtez-le !... Arrêtez-le !

! ?

Arrêtez-le !
Arrêtez-le !

Arrêter qui ?
Arrêter quoi ?

Là !... ce parchemin qui s'envole...
Le papyrus de Kih-Oskh !...

Arrêtez-le ! Arrêtez-le !

Je vais vous le rattraper !

C'est bon : on s'en occupe !

Arrêtez-le ! Arrêtez-le !

Arrêtez-le !

Je l'ai !

Halte-là ! jeune homme, vous n'allez pas vous échapper ainsi !

Aouuw !

Arrêtez-le !
Il va tomber à l'eau !...

Trop tard !

C'est malin ce que vous avez fait ! Il avait l'air de tenir tellement à son papier, ce pauvre monsieur...

Eh bien quoi ?... il a disparu ?

Il était encore là il y a un instant !

Çà, par exemple, où a-t-il pu passer ?

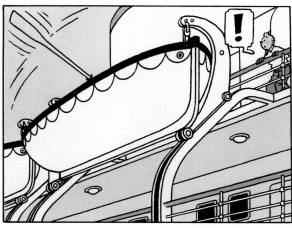

Qu'est-ce que vous faites là ?

Vous le voyez bien : je rame.

Mais votre canot n'est pas à l'eau !

Tiens, c'est vrai. Vous êtes très observateur, jeune homme !

Mais, au fait, pourquoi étais-je occupé à ramer ?

Sans doute pour essayer de retrouver le papyrus tombé à la mer...

A la mer, mon papyrus ? Jamais de la vie ! Le voilà, ce précieux manuscrit !

Mais alors, le papier qui s'est envolé ?

Oui, quel était ce papier ?

Ah oui, maintenant que j'y songe, c'était un prospectus d'agence de voyages. Vous pensez bien que jamais je n'aurais laissé échapper l'inestimable papyrus qui donne le plan du tombeau du pharaon Kih-Oskh. Tous les savants qui ont entrepris de retrouver cette sépulture...

... ont disparu mystérieusement. Mais moi, Philémon Siclone, je serai le premier égyptologue à mettre à jour ce monument !

Je vous le souhaite... Mais, dites-moi, quel est ce dessin bizarre ?

Je ne sais pas. Je crois qu'il s'agit du signe royal de Kih-Oskh. D'ailleurs, si tout cela vous intéresse, rendez-vous demain à Port-Saïd, d'où nous gagnerons Le Caire, et de là, le lieu indiqué par le plan.

Bien volontiers...

A demain, cher ami. Au revoir, mon petit garçon.

Quel étrange personnage !

Je vous demande pardon, commandant !

Espèce d'imbécile, vous ne pouvez pas regarder devant vous ?

Excusez-moi : je vous avais pris pour une manche à air...

Crétin !

Voyons, monsieur, on n'agit pas ainsi.

Ce monsieur ne vous a pas bousculé volontairement.

Au revoir, chers collègues!

Espèce de freluquet, de quoi vous mêlez-vous? Vous ne savez pas à qui vous avez affaire!

Vous regretterez un jour de vous être mis en travers de mon chemin: sachez que mon nom est Rastapopoulos!

C'est ça qui nous est égal!...

Rastapopoulos?... Rastapopoulos?... Ah! j'y suis: c'est le milliardaire, le directeur de la célèbre firme de cinéma "Cosmos Pictu-"res". En effet, ce n'est pas le premier venu...

Et le soir même...

papyrus. Attention! Il a fait la connaissance d'un jeune journaliste dont il faut se méfier. Il s'agit de les faire disparaître dès la première escale.

Le lendemain...

Il est chez lui!

Oui, allons-y!

Entrez!

TOC TOC TOC

Vous êtes bien le nommé Tintin?

Oui, c'est moi...

Au nom de la Loi, je vous arrête!

④

Quoi ?... M'arrêter ?... Mais c'est une plaisanterie !...

Une plaisanterie ?... Nous allons ouvrir un de ces tiroirs et vous verrez si c'est une plaisanterie !

Voilà ! Celui qui vous a dénoncé ne nous a pas menti : c'est bel et bien de la cocaïne !

Le lendemain...

Qui donc a bien pu dissimuler de la drogue dans ce tiroir ?

Il y a quelqu'un qui veut ma perte... Mais dans quel but ?

Oui, mystère !

Dire que nous sommes à Port-Saïd, à quelques brasses du quai, et que je suis prisonnier ici à fond de cale !

Eh... mais... cette embarcation qui dérive lentement : ça me donne une idée !

Encore un petit peu et le mât sera à portée de ma main...

Je... hum... voudriez-vous me conduire à terre ?...

!

Quelques minutes plus tard...

Et nous voilà à Port-Saïd, mon vieux Milou !

Çà, par exemple, quelle bonne surprise !

Bonjour, Madame !

Pendant ce temps...

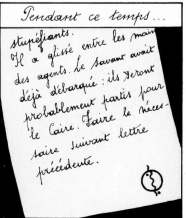

stupéfiants. Il a glissé entre les main des agents. Le savant avait déjà débarqué : ils seront probablement partis pour le Caire. Faire le nécessaire suivant lettre précédente.

Foi de Dupond, il ne courra pas longtemps !

Je dirais même plus : il ne courra pas longtemps, foi de Dupont !

Plus tard, aux environs du Caire...

D'après le plan, nous ne sommes pas loin de l'endroit où se trouve le tombeau.

Et quelques instants après...

Voilà. Attendez-nous ici. Nous reviendrons dans la soirée.

Bien, effendi!

Vous comprenez: une découverte de cette importance doit être entourée du plus grand secret!

Vous avez raison.

Vous avez l'air de connaître parfaitement le pays.

Pas du tout: mais le papyrus donne des indications très précises.

Et voilà! C'est ici tout près...

Vous avez vraiment le sens de l'orientation!

Si le papyrus dit vrai, c'est ici même que nous trouverons le tombeau de Kih-Oskh!

Qu'est-ce que je vous disais! C'est lui, c'est le tombeau! O noble pharaon, me voici!

Ah! quelle gloire pour moi! Le nom de Philémon Siclone est désormais assuré de l'immortalité!

Tiens, que me veut Milou?

WOUAH WOUAH

Un cigare! Un cigare en cet endroit! C'est extraordinaire...

Saperlipopette! De plus en plus étrange! Le signe du pharaon sur la bague!...

FLOR FINA

Je suis curieux de savoir ce que monsieur Philémon pensera de ça...

Eh bien quoi?... Il a disparu!...

Dis donc, Tintin, le même signe que sur le cigare!

Çà, par exemple, où a-t-il bien pu passer?

Ohé! Monsieur Philémon? Ohé!

Rien! C'est comme s'il s'était volatilisé!... Et je l'entends encore me dire: "Tous les savants qui ont entrepris de retrouver cette sépulture ont disparu mystérieusement!"

Tintin, j'ai peur!... J'ai l'impression qu'un danger nous menace!

Wouah! Wouah!

Quoi? Qu'y a-t-il?..

Hoho! Voilà qui explique la disparition de monsieur Philémon... Une seule chose à faire: entrer là-dedans à notre tour!

Entrer là-dedans?... Brrr...

En avant, Milou, mais soyons prudents!

CLAC

Tu as entendu, Milou? Le tombeau s'est refermé sur nous!

!

C'est inouï !...Les voilà, tous les savants qui ont violé la sépulture du pharaon Kih-Oskh !...Les malheureux, ils ont payé cher leur découverte !

I.E.ROGHLIFF
...tologue

E.P.JACOBINI
égyptologue

M.TRENTIN
égyptologue

...ARNAWAL
...tologue

...H.SICLONE
égyptologue

MILOU
chien

TINTIN
journaliste

Non! non! cela ne se passera pas ainsi! Je ne me laisserai pas momifier à mon tour... Il faut sortir d'ici, à tout prix !

Un parapluie !... Le parapluie du savant !... Pauvre monsieur Philémon, qu'est-il devenu ?

Et voilà ses manchettes... et sa redingote... Cherchons, Milou, cherchons !

CLAC

Tonnerre! encore une porte qui se referme derrière nous!

Nous sommes bel et bien prisonniers du pharaon Kih-Oskh ou d'un de ses successeurs !

Tiens, qu'est-ce qu'il y a là ?

Des caisses ? Voyons ce qu'elles contiennent...

Çà alors! des cigares...

...et qui portent toujours le même signe !

FLOR FINA

Oui, ils sont absolument identiques au premier que j'ai ramassé.

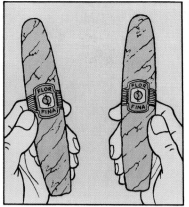

Je me demande si ce n'est pas à l'intérieur de ces cigares que se trouve la clé de l'énigme? Nous allons voir...

Mais que m'arrive-t-il?... J'ai la tête lourde...

Cette odeur... Je comprends.. un narcotique... on veut...

Non! Cela jamais!

Pendant ce temps-là...

Le monsieur barbu m'a dit de les attendre. Alors, vers le soir, comme ils ne revenaient pas, j'ai appelé, j'ai crié. Mais personne ne m'a répondu.

La nuit suivante...

Bon. Le "Sereno" est au rendez-vous. Déchargez les chameaux.

Donnons le signal.

Ah, voilà la caravane. Mettez tout de suite la chaloupe à la mer.

Qu'Allah soit avec toi, Mohammed...
Tu as la marchandise?

Oui, effendi.
Tout est en ordre...

O.K... Qu'on fasse vite.
Le patron est pressé:
il craint les garde-côtes...

Curieuse idée qu'ils ont eue, là-bas, de camoufler les caisses en sarcophages...

Une idée du Maître, sans doute.

Trois quarts d'heure plus tard...

Voilà, chef, tous les colis sont embarqués

Ouf! Je respire. On va pouvoir lever l'ancre.

Le yacht d'Allan Thompson! Cette fois, nous le tenons, ce contrebandier!

Tonnerre!
Les garde-côtes!
Tous les colis
à l'eau, tout
de suite!

PLOUF

Et une heure plus tard...

Une chance que je me sois débarrassé à temps de la marchandise! Sans cela, j'étais pincé!

Un message, chef...
Il est arrivé
pendant que la
police était à bord.

Donne.

Trois sarcophages vous livrés par erreur. Contiennent individus à garde à bord jusqu'à nouvel ordre. Très important.

Malheur! on les
a flanqués à
l'eau! Comment
les retrouver
à présent?...

Il fait nuit...et d'ici demain matin, Dieu sait où les courants auront emporté ces maudites caisses?...

Le lendemain à l'aube...

CRAC

Milou!

Là! un troisième sarcophage qui s'ouvre!

...té...oua...our...pa...ote...ère...

Quoi? Que dites-vous?... Parlez plus fort. Le bruit du vent couvre vos paroles.

Comment? Je ne saisis pas un mot de ce que vous dites.

...elle...ière... son...

...ou...pa...pa...é...or...a...er...opel...a...

Je n'entends pas, vous dis-je!

Inutile de m'égosiller davantage. Les courants nous éloignent de plus en plus l'un de l'autre. Nous deux, du moins, mon vieux Milou, restons ensemble. Je vais attacher ta caisse à la mienne.

Et maintenant, nous allons essayer de prendre du poisson. Je suis sûr que toi aussi, tu as rudement faim.

A qui le dis-tu!

Ça y est!

C'est sûrement une grosse pièce!

Si c'est tout le poisson qu'il y a dans les parages, il ne nous reste qu'à mourir de faim...

...ou à être noyés, car le vent se lève et la mer devient houleuse.

Pendant ce temps...

Inutile de continuer les recherches. Jamais nous ne les retrouverons.

Epave à bâbord !

Bon. La chaloupe à la mer, et ramenez-moi cet individu.

Et quelques minutes plus tard...

Avons retrouvé un sarcophage et son occupant, Philémon Siclone. Impossible poursuivre recherches. Mer trop mauvaise.

Et dès que tu auras reçu la réponse, viens me la porter. Je retourne sur la passerelle.

O.K., capitaine.

Fichu temps ! Et le baromètre qui descend encore. Ça nous promet un sérieux coup de tabac !

Voilà la réponse.

Faites prisonnier homme repêché. Si impossible retrouver deux autres caisses, abandonnez. Rendez-vous au Centre 3.

Bon, j'aime autant ça !... Allons, en route pour les Indes.

Nous sommes perdus, Milou !

Ah! il s'éveille enfin!

Où suis-je?

Je me souviens... Une vague gigantesque s'est abattue sur nous. Et puis... plus rien...

Hello, notre jeune sportif! Bien dormi?...

Oui, mais comment se fait-il que je me trouve ici?

Eh bien, on vous a repêché au moment où vous alliez boire la grande tasse!

Ah, c'est vous qui... Je vous dois la vie, capitaine!

N'en parlons plus... Mais je voudrais bien savoir ce que vous faisiez dans un sarcophage à dix milles de la côte d'Arabie?

Je serais bien content de le savoir moi-même!

Mais voilà le senhor Oliveira da Figueira, de Lisbonne, mon passager.

Enchanté.

Charmé, senhor, je suis charmé...

...et je me recommande immédiatement: je puis vous fournir, à des prix sans concurrence, tout article dont vous auriez besoin.

Je vais d'ailleurs vous montrer. Un coup d'œil n'engage à rien. Voici d'abord un choix de superbes cravates.

Splendide!... Merveilleux!... Les coloris de celle-ci conviennent admirablement à votre teint!...

Et j'ai aussi un lot de magnifiques sabres... Voyez, de véritables lames de Tolède!

Et, comme primes, un réveil-matin, une brosse à dents et un stylo à bille!

Heureusement que je ne me suis pas laissé prendre à son boniment. A des gens pareils, on finirait par acheter des tas de choses inutiles.

Et voilà la côte arabe où nous allons aborder.

Vous transporterez tout mon matériel là-haut.

Vous vous installez ici ! Mais c'est le plein désert. Vous n'aurez pas un seul client.

Attendez. Je vais faire un peu de publicité.

Allo, allo ! Salaam aleikum ! Ici le senhor Oliveira da Figueira qui vous salue.

...Il apporte pour vous les plus merveilleuses richesses des pays d'Occident. Il vous convie à venir les admirer.

Le-Blanc-qui-vend-tout !

Que les nobles hommes du désert se mettent en chemin ! Le senhor Oliveira da Figueira les accueillera à bras ouverts !

Est-il joli, ce chapeau ? Tu verras, aucun roi n'a jamais été coiffé comme tu le seras !

LISBOA

C'est ma femme qui va être contente !

Eh bien, qu'en pensez-vous ? C'est de l'efficience, ça ! Et ce qui est mieux : mes clients reviennent !

كلاب ! مجرم !

!

Fils du chien galeux, j'ai mangé du produit que tu m'as vendu ! Et vois ce qui m'arrive !

Sapristi, il a mangé du savon !

Avant la nouvelle lune, mon maître le cheik Patrash Pasha vous aura châtiés !

Le lendemain...

Le pays est pittoresque...

Le voilà !

Quel calme, quel repos, quel silence !

Patrash Pasha sera satisfait !

Salaam aleikum, puissant cheik : le prisonnier est là.

Qu'on me l'amène !

Haha ! te voilà ! C'est toi qui as essayé d'empoisonner les nobles hommes du désert, espèce de chien !

Et vous, espèce d'homme !

Nous n'avons que faire ici des produits avariés de votre prétendue civilisation !

Quel est ton nom ?

Que t'importe mon nom ?... Il ne t'apprendra rien.

Dans mon pays, on m'appelle Tintin.

Tintin !...Est-ce possible ?... Allah est grand !... Que je t'embrasse !

?

Voilà des années que je lis tes aventures. Regarde !... Aussi, trois fois béni soit le jour de notre rencontre !

Quelques heures plus tard...

Adieu, ami. Et puisses-tu faire bonne route sur le meilleur de mes coursiers !

Merci!

Adieu, Tintin, et qu'Allah soit avec toi !

Adieu, puissant cheik !

C'était un bien cheic chik, je veux dire, un bien chic cheik !

Quoi ? Je n'ai pas la berlue ! Une ville, ici !

A MOI, PITIÉ !...

!

Je... je crois qu'on a crié...

AU SECOURS ! A MOI !

C'était une voix de femme...

GRÂCE ! PITIÉ !...

Lâches !

Vous n'avez plus rien à craindre de ces brutes, madame !

Espèce d'imbécile ! Crétin ! Triple idiot !

?

Toute une scène à recommencer à cause de vous, animal !

Cet abruti m'a fait rater mon entrée !

Nom d'une pipe, je suis tombé au milieu d'une prise de vues !

Vous mériteriez que...

Monsieur, j'ai commis une bévue. J'en suis confus.

Que se passe-t-il ?

Cet individu nous a fait gâcher de la pellicule...

Mais je ne me trompe pas : c'est bien vous qui étiez à bord de l'"Epomeo" et avec qui j'ai eu cette petite querelle ?..

En effet, monsieur Rastapopoulos.

Eh bien, j'ai eu tort de m'emporter !

Et moi, j'ai eu tort d'intervenir dans votre film !

Bah, ce n'est pas bien grave... Voyez-vous, nous tournons une superproduction intitulée "Haine d'Arabe". Nous avons dû reconstituer toute une ville non loin d'ici.

Oui, je l'ai aperçue.

Mais vous, que faites-vous tout seul en plein désert. Vous allez me raconter ça.

Volontiers.

Une heure plus tard...

...Et voilà toute mon histoire, monsieur Rastapopoulos. N'est-ce pas que c'est extraordinaire ?

Oui, c'est absolument ahurissant !

Je regrette vraiment que vous ne puissiez rester plus longtemps parmi nous.

C'est fort aimable à vous... Mais le commandant du boutre s'inquiéterait de mon absence.

Voilà, Milou, dans quelques instants nous serons à bord.

Pendant ce temps-là, en mer Rouge...

Hum... voici les nouveaux ordres : 1) abandonner la piste Tintin ; 2) nous occuper du trafic d'armes sur les côtes d'Arabie.

Il n'y a pas foule sur le pont !

Comme c'est étrange : pas un chat !

Pardon, je me trompais : voilà justement celui du cuistot... Ici, Milou !

GRRR

Wouah ! Wouah !

Milou ! Veux-tu revenir !

?

Quoi ? Des mitrailleuses sous cette vieille voile !...

Et ici des fusils, cachés sous une rangée de parapluies !...

Je me demande où il a bien pu se cacher ?

PARAPLUIES

BAS

...dans ces caisses, un stock de munitions ! Ma parole, c'est un véritable arsenal !

BONBONS

BONBONS

Et encore des fusils-mitrailleurs ! Eh bien, franchement, j'étais loin de me douter que ce pacifique bateau faisait la contrebande des armes !

FRAGILE

Ça vous intéresse ?

?

!

Je vous avais vu monter à bord. Mes compliments ! J'ignorais que vous étiez de la police.

Moi ? Mais je...

Capitaine ! Toi venir vite ! Danger !

Si c'est vous qui m'avez dénoncé, sachez que mon bateau est miné. Je le ferai sauter plutôt que de me rendre.

Ah, tu es là, Milou ! Viens vite me délivrer !

BOUM BOUNG BANG

Que se passe-t-il donc là-haut sur le pont ?

Plus un seul bruit à présent ! On dirait que tout le monde a pris la fuite !

Quelle bande de froussards !

Mon Dieu, oui, c'est cela... Ils nous ont laissés seuls à bord du bateau miné !

Moi, je vais essayer de me mettre à l'abri.

BOUM

Ouf ! j'ai bien cru que nous sautions... Et ce n'est probablement qu'un bateau qui vient de nous accoster un peu brutalement.

Chut... Des pas... On descend...

Heureusement, ce ne sont pas les armes qui manquent pour me défendre en cas de besoin !

Ah ! ah ! Tintin... Comme on se retrouve !... Trafic de cocaïne, contrebande d'armes, rébellion contre l'autorité... Votre affaire est claire, mon gaillard !

Pris ?
A moins que...

Levons gentiment les bras, et puis...

PAN
PAN
PAN

Vite, de la lumière !
Je l'ai !

Moi aussi !
Je le tiens !

? ?

Il n'a pas pu quitter la cale. Cherchons.

Il n'est pas de ce côté...

Ni de celui-ci...

Le gredin, il ne peut pourtant pas être loin !

Je dirais même plus : il ne peut pas être loin !

BLUB....
BLUB...

?

Tu as entendu ?

Oui, et le bruit était tout proche !

? ?

BLUB...
BLUB

Je n'aurais pas pu rester une seconde de plus sous l'eau, dans ce baril !

Sauvé!

Une chance que son pied se soit pris dans un cordage...

Dépêchez-vous: il va se noyer!

Vite, attrape le chien pendant que je passe les menottes à son maître.

Au nom de la Loi, je vous arrête!

Non mais, il ne m'a jamais regardé, celui-là!

Ici, sacrebleu, ici!

Sauve qui peut!

?

Le chien a fait tomber une grenade!... Nous allons sauter!

C'est singulier... Il a cessé de me poursuivre...

MODE D'EMPLOI

HAUT

BAS

Sauve qui peut ! Coupez les amarres ! Tout va sauter !

Sapristi, le prisonnier !... C'est vrai, on l'a oublié !

Quelle mouche les a piqués ? Ils font tout pour m'arrêter. Et puis, quand ils me tiennent, hop, les voilà partis !

Pauvre type, tout de même !

Oui... Dis, ça met long-temps avant d'éclater, une grenade ?...

Eh bien, mon vieux Milou, si ces grenades avaient été chargées au lieu de n'être qu'amorcées, nous ne serions plus de ce monde...

Oui, ça a fait "pfuit", et puis plus rien...

HAUT

En avant, Milou, ne nous éternisons pas ici.

Et maintenant, dirigeons-nous vers le camp de la "Cosmos". Seul monsieur Rastapopoulos peut nous fournir de quoi continuer notre voyage.

Nous y voilà ! Je me demande ce que dira notre ami lorsque je lui raconterai ces nouvelles péripéties.

Mais, mon cher, c'est un vrai ciné-roman : à croire qu'une puissance occulte a juré votre perte !

Le lendemain matin...

Bon voyage !

Au revoir... et encore merci !

Toujours pas d'explosion...

A mon avis, c'est une grenade à re-tardement...

Demain, si tout va bien, nous serons à Yabbecca... Mais il s'agit d'économiser l'eau...

...car il n'y a plus aucun puits sur notre route... Et sans eau, dans le désert, c'est la mort!

PAN PAN

Vite, à plat ventre!

PAN

PAN

BING

Ma gourde!!!

Un bruit de galop. Est-ce que par hasard?...

Oui, c'est cela: voyant son coup manqué, mon mystérieux agresseur prend la fuite!

Oui mais, si ses balles m'ont épargné, elles ont, hélas! percé ma gourde... Et cela, c'est presque aussi grave!

Plusieurs heures ont passé...

Sauvé, Milou!... Une oasis!

Tu vois qu'il ne faut jamais désespérer!

!

ATTENTION
MIRAGE DANGEREUX
A 100 M.
Don du T.C. d'ARABIE

Hélas! mon pauvre Milou, nous nous sommes réjouis trop tôt...

23

Hourra, Milou! Voilà le salut!

Regarde! cette fois ce n'est pas un mirage!...

Chic, on va boire!

Tiens, deux Bédouins! Nous allons leur demander de l'eau.

Eux!

Lui!

Lui!

Au nom de la Loi...

Espèce de cornichon! Si je ne t'avais pas écouté, nous n'aurions pas mis ces tuniques dans lesquelles on se prend les pieds...

Triple buse! Si nous n'avions pas été déguisés en Arabes, jamais il ne se serait approché de nous...

Il avait l'air épuisé. Nous l'aurons vite rejoint.

Là, le voilà!

Oui, c'est lui!

WOUAC

Flûte, ce n'était pas lui !

Je dirais même plus : ce n'était pas lui !

Allons, en route, Milou ! Ne perdons pas courage !

Nous allons en avoir rudement besoin, car la soif, tu sais...

Là-bas...je ne rêve pas... des palmiers !... une ville !... Tu vois qu'il ne faut jamais désespérer !

De l'eau, Milou, de l'eau !... Ah, quel bonheur !

Et cette ville... pourvu que ce ne soit pas un décor, cette fois !

Ho ! ho ! que se passe-t-il ici ?

Ce qui se passe ?...Un de nos cheiks a été lâchement attaqué par deux hommes de la tribu des Bouaras. Et c'est la guerre !

Sapristi ! j'ai mal choisi mon moment pour arriver ici !

BILISATION GENERALE

Dites donc, vous, ce n'est pas par là, le bureau de recrutement !

Pourquoi faire ?

Ah ! pourquoi faire ?'z allez voir !'z apprendrai à vous payer la tête du sergent Ibn-—Abou-Bekhr !

BUREAU DE RECRUTEMENT

Une forte tête, mon capitaine ! Refusait de venir s'engager !

Une forte tête? Nous allons bien voir ! Occupez-vous de lui, sergent !

Une... deux... gauche... droite... Vous dresserai, moi, mes gaillards !

Halte. Assez pour aujourd'hui. Demain, marche d'entraînement 60 kilomètres. Rompez vos rangs. Marche.

Enfin, du repos !

BEH-BEHR !

BEH-BEHR !

Encore un pauvre type qui va écoper...

N'entendez pas qu'on vous appelle? N'aime pas qu'on se fiche de moi.

Moi ? mais je...

z'aurez quatre jours ! Et maintenant, z'irez nettoyer le bureau du colonel. Rompez.

?

Comment ai-je pu oublier que Beh-Behr est le nom sous lequel je me suis fait enroler?

?

FLOR FINA

Çà, par exemple ! Cette bague ! La même que celle des cigares du pharaon... C'est inouï !

Si je pouvais découvrir une caisse de ces fameux cigares...

Hourra ! en voilà une !

Aux armes! Un espion!

Vite! Vite! Sautez-lui dessus!

Pas de chance! Juste au moment où ces cigares allaient peut-être me livrer leur secret...

Espionnage... Et en temps de guerre... L'affaire se présente mal...

... En conséquence, le soldat Beh-Behr est condamné à mort. L'exécution aura lieu demain à l'aube. Le jugement sera communiqué immédiatement au condamné...

Fusillé?... Je vais être fusillé!... Mon pauvre Milou, c'en est fait de moi!

Un billet: "Courage, on veille sur vous! Une amie."... Une amie? Ici?...

Voici ma dernière nuit. A moins que...

Tintin!... Tintin!...

?

Qui... qui êtes-vous?

Chut... Voici une lime: sciez vos barreaux.

Dépêchez-vous! L'aube est proche...

RRRH RRRH RRRH

Ça y est!

Allons, venez!

Vite, sauvez-vous!

J'arrive!

Libre!

HALTE-LÀ! OU JE TIRE!

!

Hein, quelle bonne idée j'ai eue d'avancer l'heure de notre ronde!

Malheur de malheur! On l'a repris!

Voici l'aube. C'est fini. Mon dernier espoir s'est envolé.

Et une demi-heure plus tard...

Attention... En joue...

FEU

PAN PAN PAN PAN

Tintin!

Les misérables! Ils ont tué Tintin!

Je l'ai reconnu malgré son déguisement. Sachant, vénéré Maître, le prix que vous attachez à sa disparition, j'ai veillé à ce qu'il soit condamné à mort. L'exécution a eu lieu ce matin.

Hi hi hi! Je ne le reverrai jamais! Hi hi hi! Il ne me reste plus qu'à me laisser mourir sur sa tombe...

BEH-BEHR ESPION

La nuit suivante...

TOC TOC TOC

Voilà, c'est fait. Tout s'est bien passé. Vous pouvez y aller.

C'est bien, voici ta récompense... Et songe que ta vie dépend de ton silence...

Et quelques minutes plus tard...

C'est bien ici... Au travail !

Wouah! Wouah! Wouah!

Silence! je viens sauver ton maître !

Sauver mon maître?

Tintin?... Tintin?... Etes-vous là?...

Oui.

?

Madame, vous m'avez sauvé la vie et jamais je...

Venez !

Où donc ?

Pas de questions. Suivez-moi.

Nous y sommes.

Entrez vite !

Mesdames, jamais je n'oublierai ce que vous avez fait pour moi. Un peu avant l'exécution, le caporal m'a dit que les fusils seraient chargés à blanc, que je devais me laisser tomber au moment de la salve, et faire le mort : j'ai obéi, et m'en félicite... Mais, qui êtes-vous, vous qui m'avez sauvé la vie ?...

Qui nous sommes? Eh bien, regarde-nous !

Vous?!!

Oui, nous! Nous qui avons bravé mille dangers pour t'arracher à la mort.

Mais pourquoi ? Pourquoi avez-vous fait cela ?

Pourquoi? Parce que nous avons reçu l'ordre d'arrêter Tintin, trafiquant d'armes, trafiquant de stupéfiants, et qu'un ordre, c'est un ordre!

TOC TOC TOC

?

Ouvrez ! Ouvrez vite ! Je suis le fossoyeur...

Nous sommes perdus ! Tout a été découvert ! Les soldats arrivent : nous allons être massacrés.

C'est ici... Enfoncez la porte !

Là... Regardez : ils se sont enfuis par les toits !

Oui, et ils ont enlevé l'échelle !

Demi-tour ! Nous les aurons !

Ils sont partis... Ouf !... Filons !

Allons-y ! Il n'y a pas une seconde à perdre !

Tonnerre ! c'est le condamné ! Trahison ! Aux armes ! Par ici...

A mort !... A mort l'espion !...

Un avion!... Si je pouvais m'en emparer!... Mais non, il est gardé...

Comment faire ?... Oh! j'ai une idée... Au secours!...

Au secours! Au secours! Sauvez-moi! Ce chien est enragé, abattez-le!

Enragé, moi?

Ma ruse a réussi! Il décampe. La voie est libre!

Ouf !... Eh bien, il était temps de décoller !

Quoi ? Il s'est enfui ? Et en avion, par-dessus le marché ! Bande d'ahuris ! Qu'on le poursuive et qu'on l'abatte, entendez-vous ?

Là-bas... un point à l'horizon !

Tout va bien : il ne se doute pas qu'il est poursuivi...

La vie est belle, Milou !

! TACATACATAC

Sapristi ! Plus qu'une chose à faire : piquer !

TACATACATAC

Hourra ! Il est touché !

C'est ce qu'on appelle être descendu !

Mission remplie, mon colonel. Nous l'avons abattu.

Bon, très bien !

C'est la ruse classique, mon vieux Milou : se laisser tomber et disparaître dans les nuages... Maintenant, il s'agit d'en sortir, car notre niveau d'essence est bien bas !

Hélas ! pas moyen d'atterrir dans cette jungle...

...et pas la moindre clairière en vue... Je me demande si...

Ça y est ! Plus d'essence : le moteur s'arrête...

Attention, Milou, gare à la secousse !

CRAC

La pharmacie !... Il ne manque plus que le mode d'emploi !

LE PETIT INFIRMIER

Et alors, c'est tout, oui?

Et maintenant, il s'agit de savoir où nous sommes. Aux Indes, probablement, mais à quel endroit ?

!

N'aie pas peur, vieux frère, Milou ne ferait pas de mal à une mouche.

Wouah ! Wouah !

Mais, ma parole, tu es malade! Tu as de la fièvre... Attends, j'ai justement ce qu'il te faut.

Je vais lui donner de la quinine, à cette pauvre petite bête.

Un seul tube: je crois que ça suffira.

Allons, avale ça !

Eh bien, déjà guéri ?

Hé là, vieux frère, du calme!

Veux-tu me lâcher, oui ou non ?

Mais où diable veut-il me mener ?

?

Bawh...Treet...C'est un petit d'homme qui m'a guéri de la fièvre éléphantesque.

Ils ont l'air de discuter entre eux: profitons-en pour filer!

Teerht...Obghr...Wahgml...Halte-là, petit! Il s'agit de rester avec nous. Tu seras notre médecin.

Plusieurs jours après...

Ce que je fais?... As-tu remarqué que lorsque les éléphants se parlent, ils émettent des sons pareils à ceux d'une trompette..

Alors, je me suis dit qu'en étudiant leur langue, et en me servant d'une trompette pour leur parler, je parviendrais peut-être à me faire comprendre d'eux. C'est pourquoi je me fabrique cet instrument.

Ce n'est pas si compliqué, d'ailleurs, l'éléphant. Sol, la, si, do signifie oui. Do, si, la, sol: non. A boire, s'exprime par sol, sol, fa, fa...Evidemment, le plus difficile, c'est d'attraper l'accent.

Fhhh!... Quelle chaleur!... Et si j'essayais de...

♪ ♪ ♩ ♩ ♪ ♪

Aurait-il compris?

Il revient! Il a compris!... Hourra! je sais parler éléphant!

Et maintenant, reste ici. Je vais me promener.

Il est temps, en effet, d'explorer les environs.

!

Le signe de Kih-Oskh, ici!! C'est incroyable!!!

Çà, par exemple, qui a bien pu peindre ce signe?!

Sur ♪la ♪mer ♪calmée ♪♪

Pas possible!

Le professeur Siclone!

Bonjour, professeur. Comment se fait-il que je vous retrouve ici?

Expliquez-moi ce qui vous est arrivé depuis le moment où, en mer Rouge...

Chut! pas si haut!...

Je vais vous le dire. Mais il faut absolument me jurer le secret!

D'accord. Je vous écoute...

Eh bien, voilà: je suis Ramsès II!

Tchip, tchip... Mais surtout, ne le répétez à personne. Je suis ici incognito.

Le malheureux! Il est fou! Je ne tirerai rien de lui tant qu'il ne sera pas guéri. Mais où trouver un médecin?

Où?... Mais c'est bien simple!

Moi aussi j'ai joué du piano quand j'étais petit ...

36

Que me veut-il encore, ce petit d'homme ?

Bonjour, mon cher Sésostris.

Tu vas nous conduire quelque part où il y a des hommes blancs.

Ah, voilà un bungalow !

Bonjour, monsieur, veuillez m'excuser si je vous dérange...

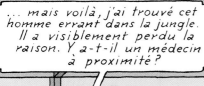

... mais voilà, j'ai trouvé cet homme errant dans la jungle. Il a visiblement perdu la raison. Y a-t-il un médecin à proximité ?

Vous tombez à pic : le Dr Finney est précisément en tournée dans le district. Je vais le faire appeler immédiatement.

Regarde !... Notre signe !!

Un peu plus tard...

Et voilà toute l'histoire, docteur. Pensez-vous que ce pauvre homme puisse un jour recouvrer la raison?

C'est possible... Il faut, en tous cas, qu'il soit conduit immédiatement dans un asile. Il y en a un à 30 milles d'ici; son directeur est un de mes amis. Vous pourrez lui amener le malade demain.

En attendant, vous êtes mon invité. J'ai justement organisé pour ce soir une petite réception: vous serez des nôtres.

Le soir... Tintin... Notre sympathique pasteur Mr Peacock...

...Mrs et Mr Snowball...

...le célèbre écrivain Zlotzky.

Dites donc, major, vous avez là une arme curieuse. C'est un poignard hindou?

C'est un khouttar...

...à lame dite "langue-de-boeuf". Je l'ai reçu d'un fakir qui m'a assuré que cette arme avait le pouvoir d'aller se planter d'elle-même devant toute personne menacée d'un danger grave.

Je vais d'ailleurs vous la faire voir de plus près.

! OH!!!

Excusez-moi... J'espère que vous ne verrez pas là un sinistre présage.

Du tout, du tout: c'est une pure coïncidence... Et puis, je ne suis pas impressionnable à ce point.

BANG

Ne vous inquiétez pas : c'est le vent. Nous allons avoir une tornade, je crois.

OOOOOOH

Vite !... Cela venait de la chambre du savant...

Sa chambre est vide !!! Il a dû sortir par la fenêtre.

A MOI !.. AU SECOURS !.

C'est la voix de ma femme !

OOH

Elle s'est évanouie au moment où je suis entré...

Personne !

Mon Dieu !... Mon Dieu !... Un fantôme ! J'ai vu un fantôme !... Quelle horreur !

Le poignard qui se trouvait sur la table !... Il a disparu !!

Sahib ! Sahib !... J'ai vu un esprit, un esprit tout blanc qui courait vers la forêt !

Drôle de fantôme, qui s'empare d'un poignard !... Impossible de le poursuivre encore cette nuit. Nous verrons demain matin... En attendant, prenons un whisky !

Le lendemain matin...

Le jeune sahib ? Il est parti dès l'aube vers la forêt.

Essaie de ne pas perdre la trace, mon vieux Milou !

Là !... Son chapeau !...

Oui, c'est bien son chapeau... Nous sommes sur la bonne piste !

Hé, que penses-tu de ce couvre-chef, Milou ?

Ma parole, il est devenu fou furieux !... Garons-nous !

Heureusement que son bras a été arrêté par une liane ! Sans quoi...

Halte là, mon petit bonhomme!

!

Mon poignard...Beuh...Je veux mon poignard...

Pas question!

Fi! à son âge, pleurer comme un bébé!

Et maintenant, vous allez me dire pourquoi vous avez cherché à me tuer. Allons, répondez!

Ce n'est pas moi, ce sont les yeux...

Les yeux? Quels yeux?

Quels yeux? Quels yeux?... Ah oui, je me souviens!

Non, ♩♩ mes yeux ♪♩♪ ne te verront plus... ♩♩.

Ramsès II, vous allez immédiatement retourner auprès de ces yeux! Allons, en rou-te!

Je vais le suivre à distance...Peut-être aurai-je de cette façon la clé du mystère.

Oh! Les yeux!

Eh bien, Tintin est-il mort?

Non, il n'a pas voulu se laisser tuer...

Incapable!!! C'est bon, j'emploierai l'homme-qui-écrit...Lui au moins n'aura pas besoin d'être hypnotisé.

Haut les mains!

Vous...Je...Oh! ces yeux...

Ha! ha! ha!... Je te tiens!

Ça y est ! Te voilà à ma merci !

Oh, le mignon petit jouet !

PAN

Ah, ah, ah ! Que c'est gai ! Ram-Ram va encore faire pif-paf !

Je t'aurai, vilaine bête !

PAN PAN

Ah ! c'était à ce papillon, qu'il en avait ! Tant mieux !

Plus de pif-paf...

Allons, viens !

Et pendant ce temps-là, le fakir a disparu... Laissons-le courir et allons chez l'homme-qui-écrit : ce ne peut être que Zlotzky.

Et quelques minutes plus tard...

Jouons franc jeu. On en veut à ma vie. Vous allez me dire tout de suite ce que vous savez à ce sujet !

Moi ?... Mais je ne comprends pas... ...

Pas de mensonges ! Parlez, et plus vite que cela !

Sinon, pif-paf !

Halte !... Je... oui...je...

...Notez que je ne sais pas grand-chose... C'est une bande internationale de trafiquants de stupéfiants qui a résolu de vous supprimer...

Et vous faites partie de cette bande ?

Je... C'est-à-dire... Il y a ici des membres de cette organisation... Vous ayant reconnu, ils ont télégraphié au chef...

Et qui est ce chef ?

Attendez... Surpris de vous savoir toujours en vie, il a donné l'ordre de vous faire disparaître. C'est le fou qui devait vous abattre et dans ce but il a été hypnotisé...

Bon... Mais le nom du chef ?

Je...non...impossible... je ne peux pas ! Il punit terriblement ceux qui le trahissent...

Je veux pourtant le savoir !

Je... c'est... il s'appelle...

Il y avait quelqu'un derrière les persiennes !

Inutile, je suis déjà puni...C'est la vengeance de la bande... Cette fléchette est empoisonnée au suc de radjaidjah, le poison qui rend fou !...

Le chef... Son nom... Le bras...

Vite ! Vite !

Il était ♩♪ une bergère... ♫♪♩♪ Et ron et ron, ♪ petit patapon... ♩♩.

Allons, mes enfants, la récréation est finie...

Qui peut me dire qui a succédé à Ramsès II ?

Moi, m'sieur. Napoléon.

Et de retour au poste...

Nous voilà maintenant avec deux fous sur les bras !

Nous les conduirons à l'asile demain.

Le lendemain matin...

Voici une lettre pour le directeur de l'établissement.

Ha!ha!ha!tu vas à l'asile, mon ami !... Avec la lettre de recommandation que tu as en poche, tu seras bien reçu !!!

Voilà une lettre du Dr Finney : c'est au sujet de ces deux malades.

Hem!... Bon... Je vois... Très bien !

Infirmiers, occupez-vous de ces messieurs.

Voulez-vous m'accompagner pour les formalités d'usage ?

Volontiers.

Oh ! vous savez, ceux-ci ne sont pas dangereux.

Voyez, c'est dans une cellule pareille que vos pauvres amis seront logés.

CLAC

?

"Il vous remettra cette lettre lui-même en déclarant qu'elle concerne ses deux compagnons. C'est... »

"...un sujet très dangereux : aussi, faites-le entrer dans sa cellule par la ruse plutôt que par la force. Dans la suite, il ne cessera de répéter qu'il a toute sa raison. Mais... »

Voici, messieurs, votre malheureux ami sera très bien soigné.

Nous avons toute confiance en vous.

Au revoir, messieurs !

Merci, ma petite fille !

Allo... Oui, chef, une lettre que j'ai remplacée par une autre, en imitant l'écriture du docteur... Elle disait que c'était Tintin lui-même qui était   fou et...

Wouah! Wouah!

BOUM BOUM BOUM BOUM

BOUM BOUM BOUM

37

Si vous ne vous tenez pas tranquille, on va vous passer la camisole de force! Compris?

Mais, monsieur, si c'est une plaisanterie, elle doit cesser! Ce n'est pas moi qui suis fou, mais les deux hommes que j'ai amenés ici!

Exactement ce que m'a écrit le docteur: "Il ne cessera de répéter qu'il a toute sa raison..."

Fou? Ils me prennent pour un fou! C'est inimaginable!

Voici votre soupe.

Ma soupe?

Ça va barder!

Voilà ce que j'en fais, moi, de votre soupe!

?

37

Ouaaah! Ouaaah!

C'est le moment où jamais...

Au secours!

Plus que le mur à sauter, et je suis libre!

Mais comment le franchir, ce mur-là?!!

?

Comment faire, mon Dieu ? Comment sortir d'ici ?

Vite, Tintin, ils arrivent !

Les voilà en effet ! Il faut pourtant leur échapper !

Oh ! une idée !

Zzzzt... Zzzzzt...

File par la grille, Milou : je te rejoins tout de suite.

Que va-t-il faire ?

Il s'agit de viser juste !

Hop !

Bye bye !

?!

!

Ouf ! ça y est !

Et maintenant, ne moisissons pas ici !

Arrêtez ! Arrêtez ! Je vous dis de vous arrêter !

Sapristi, ma retraite est coupée!

Essayer de sauter en marche, ou être repris: il n'y a pas à hésiter un instant...

Eh bien, et moi?!!

Ah! malheur! Il nous échappe!

Wouah! Wouah!

Sauvé! Mais pourvu que Milou ait la bonne idée de suivre la voie; moi, je descendrai à la première occasion.

! ?

Quel heureux hasard, n'est-ce pas, cher ami? Nous avions complètement perdu votre trace!

Je dirais même plus: quel heureux hasard!

Mon maître! Mon maître! Je ne le reverrai plus!

?
?
?

Je le tiens!

Moi aussi!

Saperlipopette, c'est le contrôleur!

Je dirais même plus: c'est le contrôleur!

Vite!... Il ne peut être loin...

Oui, loin, il ne peut être vite!

Allo, la gare d'Arboujah? Un de nos fous s'est échappé et a sauté dans le train qui va arriver chez vous. Voici son signalement...

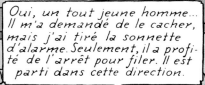
Le train s'arrête!

Quelqu'un a tiré le signal d'alarme!

Oui, un tout jeune homme... Il m'a demandé de le cacher, mais j'ai tiré la sonnette d'alarme. Seulement, il a profité de l'arrêt pour filer. Il est parti dans cette direction.

SEHRU-ARBOUJAH

Il ne peut pas avoir une grande avance sur nous : nous l'aurons vite rejoint.

Et voilà, le tour est joué!

SEHRU-ARBOUJAH

Cette voie n'en finit pas! Où va-t-elle s'arrêter?...

Ah! voilà quelqu'un.

Pardon, madame-la-vache-qui-regarde-passer-les-trains, pourriez-vous me dire à quelle heure vous avez vu le dernier?

Misérable chien! Ignores-tu que je suis un animal sacré?

Vous, un animal sacré! Quelle blague!

Ah! c'est ainsi?! Je m'en vais t'apprendre la politesse, vil animal!

Où diable est-il passé?

MHEUW!...

Sacrilège!... Un chien qui attaque une vache sacrée!

Wouah! Wouah!

A mort!

A mort, à mort le sacrilège!

Et nous l'immolerons sur l'autel de Çiva!

48

Et une heure plus tard...

Comment faire à présent pour sortir de cette gare? Je n'ai pas de ticket...

Pas d'erreur, c'est bien lui. Tout correspond au signalement...

Que me veulent ces gaillards-là?

Oh mais! je comprends: ma fuite a déjà été signalée!

Halte-là, vous!

HALTE!..

J'ai bien fait d'acheter des bananes!

Et de un!

INDIAN RAILWAYS

Et de deux!

Attends, gredin, je vais te rendre la monnaie de ta pièce!

WAY OUT

Et ceci sera pour le troisième...

ZIIP

Tout ça pour finir dans une camisole de force! Pauvre Milou, si tu voyais ton maître!...

Et pendant ce temps-là...

O Çiva-le-destructeur, daigne agréer le sacrifice que je vais t'offrir!

49

C'est le directeur de l'asile qui sera heureux de récupérer...

...ce pensionnaire récalcitrant!

Le fou?... Où est passé le fou?...

Vite! Cherchons!... Il ne peut pas être loin...

Libre!... Je suis libre!...

Pendant ce temps-là...

Meurs, donc, infecte créature!...

Arrête ton bras, ô sacrificateur!... Çiva ne se contente pas d'une aussi piètre victime...

Le voilà parti, tout va bien!

Je dirais même plus: tout va bien!

Vite... délivrons-le.

Décidément je me suis trompé, ce sont de chics types!

Hé hé! grâce à son chien nous allons retrouver le maître!

Et dans la jungle...

Par le Babluth sacré! Regardez là, Altesse!...

50

Là! Un jeune Blanc pris dans un piège!

Pardon, messieurs, auriez-vous l'amabilité de me délivrer?

Mais... bien sûr!

Eh bien, vous avez de la chance que nous soyons passés par ici!

Comment vous remercier, monsieur... monsieur?...

Je suis le maharadjah de Rawhajpoutalah.

Altesse! Altesse! Le seigneur Tigre, là, sur cette grosse branche!

PAN

Horreur, je l'ai manqué!...

GRRR GRRR GRRR

Et voilà, Altesse!

?

Et maintenant, rentrons au palais. Vous êtes mon hôte, monsieur... monsieur?...

Tintin, reporter.

Et le soir même, à table...

?

♪ ♫ ♪

51

Par Brahma! cette musique!...

Personne!... Il n'y a plus personne!...

C'est affreux!... Comment vous dire?... Mon père et mon frère sont devenus fous, l'un et l'autre. Or, chaque fois, juste avant que le malheur n'arrive, cette musique diabolique s'est fait entendre...

Et cette fois, j'en suis sûr, c'est à moi que s'adresse le terrible avertissement...

...le radjaïdjah, le poison qui rend fou...

Permettez-moi une question: n'a-t-on jamais remarqué sur le bras ou le cou de votre père, ou de votre frère, la trace d'une piqûre?

Jamais, non, pourquoi?...

Votre père et votre frère s'étaient-ils attaqués au trafic des stupéfiants, de l'opium, par exemple?

Certainement... Moi-même, d'ailleurs, je continue la lutte. Voyez-vous, la région où nous sommes produit du pavot, dont on extrait l'opium. Or, en terrorisant la population, les trafiquants ont rendu la culture du pavot obligatoire. Ils achètent cette récolte...

...à vil prix et vendent très cher aux paysans le blé et le riz dont ces malheureux ont besoin, puisqu'ils ne les cultivent plus eux-mêmes. C'est contre cette puissante organisation que nous avons entrepris de lutter.

Bon, nous les tenons. Ecoutez-moi bien, Altesse...

Et la nuit venue...

Tu vois, là-bas?... C'est la fenêtre du milieu...

Corde magique, dresse-toi!

Ha!ha!ha!... Le voilà fou à lier, le dernier de nos maharadjahs!

Attention, il arrive!

Eh bien?!!

Ah çà! où donc est-il passé?

Serait-il dans l'arbre?

Ou "dans" l'arbre?!

Hoho! ça rend un son creux...

TOC
TOC
TOC

Le tout est de découvrir le mécanisme d'ouverture.

? Ça y est!

Un puits!

Etrange!?!

Où cela va-t-il me mener?

Une porte...

Attention! Un bruit de pas...

?

! TOC TOC TOC

Sapristi, encore un autre !...
Il n'y a pas à hésiter !

OW!..

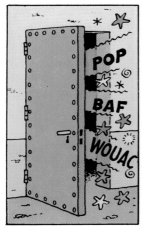

POP BAF WOUAC

Et voilà !

TOC TOC TOC

!

Frères, sauf notre chef qui ne pourra pas venir, nous sommes au complet. La séance peut donc commencer. La parole est au frère de l'Ouest.

D'abord, une grande nouvelle : nous sommes définitivement débarrassés du maharadjah de Rawhajpoutalah. A l'heure où je vous parle, il a perdu la raison !

Plus rien ne s'oppose donc à ce que...

DRRING DRRING DRRING

Allo ?... Oui, central... Un message du Caire ? Quoi ?!... Un instant, restez à l'appareil...

Frères, la situation est grave. Notre quartier général du Caire vient d'être découvert. Seul notre chef a pu s'enfuir ; il arrive par avion...

Allo ?... Comment ?... On vient de vous amener quoi ?... Un de nos frères, évanoui !!!... Mais... mais nous sommes pourtant sept !...

FRÈRES, IL Y A UN TRAÎTRE PARMI NOUS !

? ?

54

WOUAC

Pas mal travaillé...Mais je dois avouer que j'ai eu de la chance d'être appelé le premier...Et maintenant, voyons le visage de tous ces cocos !

Le fakir, un Japonais, M. et Mme Snowball, le colonel qui m'a condamné à mort et le conseiller du maharadjah...c'est inouï !

?

Tintin !... Lui ici !!...

Mais s'il croit que des liens peuvent immobiliser un fakir diplômé !...

Le fakir... Il s'est enfui !...

CLAC

Sapristi !... Il ne faut pas qu'il m'échappe !

BANG

Ha! Ha!... Le voilà à ma merci !!

AOUW!

AAAARH!

?

Haut les mains!

Milou!...

Félicitations, cher ami, vous avez réussi un coup de maître!

Comment?...Vous ne voulez plus m'arrêter à présent?!...

Non, car nous savons maintenant que vous êtes innocent; nous l'avons appris par une communication téléphonique de la police égyptienne. Celle-ci a découvert que le tombeau du pharaon Kih-Oskh servait de repaire à une bande internationale de trafiquants de drogues....

Parmi les papiers saisis se trouvait une liste noire sur laquelle figuraient le nom du maharadjah de Rawhajpoutalah et le vôtre. De plus, on a mis la main sur le plan de ce repaire-ci; ce plan nous a été communiqué...et nous voici!

Je dirais même plus : nous voici!

Quant à moi, cher monsieur Tintin, je vous dois la vie! Le mannequin que vous avez mis à ma place dans mon lit a été effectivement atteint d'une fléchette...

CLAC!

Le fakir!... Il s'est de nouveau échappé!...

Ah, le bandit!... il a refermé la porte à clé!...

Attendez, j'ai un passe-partout.

Bon, mais lorsque la porte sera ouverte, toute poursuite deviendra inutile : il sera loin! Bah! nous le rattraperons plus tard...En attendant, rentrons au palais et envoyons ici des gens qui s'occuperont des autres prisonniers.

Un peu plus tard, au palais.

Seigneur! Seigneur!...Son Altesse, votre fils...On l'a enlevé!...Deux hommes en auto! Ils viennent de s'enfuir!...

Vite, au garage du palais! Ils ne peuvent avoir une grande avance...

Attention, tenez-vous bien, nous partons!

WROUM

Cramponnez-vous bien, là-derrière! Ça va barder!

Les voilà! Les voilà!

Grand Maître, nous sommes poursuivis... Accélérez!

Impossible, la voiture donne son maximum.

Nous gagnons du terrain!

Cette fumée?... Que se passe-t-il?

Oh! les malheureux!

Ils auront dérapé dans le virage...

Dès qu'il descendra pour se rendre compte, nous sauterons dans sa voiture et nous filerons.

Et si c'était une ruse... Nous allons bien voir.

Zut, il ne descend pas!... Il va retourner au palais et nous serons sans voiture. Pas de ça, mon gaillard!

PAN

Ah! les gredins, j'ai bien fait de me méfier!

Impossible de l'atteindre... Continue à le tenir en respect, moi je file avec le gosse.

Où diable peut-il être?... Je ne le vois plus...

Haut les mains, bandit, et jette ton arme!

?

Là, ça va mieux comme ça... Un détail : mon revolver n'était pas char—gé...

Tiens, quelle coïncidence! Moi, je n'avais précisément plus de cartouches... A nous deux, mon ami!

!

Voilà du travail tout fait, et bien fait, ma parole!

Et maintenant, pendant que Milou surveille le fakir, continuons la poursuite.

Tonnerre, cet enragé est toujours à mes trousses. Que faire?...

Attends, mon gaillard, avance encore un peu...

HORREUR!

Tonnerre de tonnerre!...
C'est raté!

!

?

CRAC

Le malheureux, Dieu ait
son âme!... Qui était-ce?...
Il a emporté son secret dans
la mort.

Ah! voilà le fils du
maharadjah... Nous pouvons
rentrer au palais.

Et quelques minutes plus tard...
Mon fils!
Père!

Et maintenant, Altesse, il ne me
reste plus qu'à prendre congé
de vous et à continuer mon
voyage.

Non, non,
Tintin, je
ne veux
pas que
tu partes!

Permettez-moi,
cher ami, d'insister
à mon tour; restez
donc au moins
quelque temps.

Eh bien, Altesse, j'accepte
avec plaisir votre invitation.
Hourra!
Hourra!

TRAFIC DE STUPÉ...

L'AFFAIRE DU CAIRE

...ous avons relaté dans nos précédentes
...ons le rapt du jeune prince de Rawhaj-
...talah. Après une poursuite acharnée,
...fameux reporter Tintin est parvenu
...attraper les ravisseurs et à capturer
...n d'eux, tandis que l'autre (vraisembla-
...ement le chef) dégringolait dans un
...écipice. Toutes les recherches pour re-
...ouver son corps sont restées vaines. On
...donc toujours le nom de ce mysté-
...Connaîtra-t-on jamais

Notre photographe a eu la chance de
saisir MM. Dupont et Dupond au
et précis où, appelés d'urgence pa...
allaient sauter préc...

Quelques jours plus tard...

Vive Ramsès II !

Vas-y, mon petit gars, passe au centre-avant !

Vive Sésostris !

Hourra ! Bien dribblé, shoote au but !

Altesse, il serait bon de faire venir ces deux hommes au palais. Je vais vous expliquer pourquoi...

Et la cérémonie terminée...

Salut à toi, ô noble pharaon !

Hum ! toujours aussi fou....

Apportez des cigares à ces messieurs.

Halte ! Il ne faut pas toucher aux cigares du pharaon !

Dites-moi, je voudrais savoir d'où viennent ces cigares...

Ce sont les cigares de l'ancien conseiller de Son Altesse... Je savais qu'il en avait beaucoup. Et comme il n'en restait plus d'autres, j'ai pris ceux-là.

C'est bien cela... Les mêmes cigares que ceux trouvés à l'entrée et à l'intérieur du tombeau de Kih-Oskh... Les mêmes que ceux du colonel arabe... Voyons ça de plus près...

Je m'en doutais, de faux cigares! Une simple cartouche de tabac... et dedans, de l'opium! Voilà comment ces bandits déjouaient toutes les recherches de la police!

C'est bien, reconduisez ces deux messieurs.

Ah, voici notre carrosse!

La voiture de ces messieurs est avancée.

Eh bien, mon jeune ami, vous avez fait du bon travail, et amplement mérité un peu de repos. Grâce à vous, voici le monde débarrassé pour toujours d'une bande d'odieux malfaiteurs!

Puissiez-vous dire vrai, Altesse!... Seul l'avenir nous l'apprendra.

HERGÉ

FIN

L'idée de Tintin -c'est visible- est que ses aventures en Extrême-Orient sont loin d'être terminées: et en effet, elles continuent dans "LE LOTUS BLEU".

Imprimé en Belgique par Casterman imprimerie, s.a., Tournai.
Dépôt légal: 3e trimestre 1959; D. 1966/0053/159.